강제실 제 3 시집

바람 소리

도서출판 지식나무

시인의 말

바람처럼 왔다가 바람처럼 사라질 우리네 인생이지만
그 바람이 스치는 일생이
상처 낸 자국마다
고운 꽃으로 피우길 바라면서 이 글을 씁니다.

목차

2부: 여자가 눈물을 흘릴 때

3부: 세포 하나 하나에 참회를 심어

4부: 그것이 시다

5부: 꽃 피우는 너를 보면

1부

별다방 미쓰리

침묵 속에서 들려오는 소리

언어를 비워둔 여백에서
소리 내지 않고
듣지 않습니다

나를 발견하게 하신이여
침묵 속으로
침잠하는 날은
당신의 말씀에
나를 맡깁니다

사람과
사물과
사건들을
올바로 보고
만날 수 있게 하신이여
흩어진 자아가
내 안에 자리 잡습니다

우리 부정적인 거절과
일상적 관계에 얽힌
단절의 상처를

알맞은 간격과 거리로
재조정할 수 있는 당신의 너그러운
시선을 허락하옵소서!!

황폐한 영혼

내다 버려도
새도 쪼아 먹지 않을
황폐한 영혼의 부스러기
달을 베어 먹은 태양이
부끄러움도 염치다

방종의 자유가 지껄인
허망함이여!
뻥뚫린 가슴엔
작은 새 한 마리
쪼아대는 부리에
피멍드는 오후

퍼내도 퍼내도
드러나지 않을
저 바닷속 오류는
어디쯤에서 쉬어갈까

잠심의 늪에 눕고 싶은
내 맑은 영혼의 노래는
어디에서 찾을지..

붙잡아 매어 논
배부른 개의 구속이 되기보다는
차라리 굶주린 이리의 자유가 되자!

엄마

만지면 바삭 부서질 것 같은
빈껍데기 내 엄마
엄마를 불러 놓고
가슴 저린 통증이 옵니다

하얗게 세어버린 머리카락
빛바랜 핏기 없는 주름 투성이 얼굴
너무나 작아져서 삭아버릴 듯한
엄마를 불러보며 눈물이 납니다

엄마! 사랑해요~~
말로만 사랑한다 해놓고
고개 들기가 부끄럽습니다
사랑한다 백 마디 말보다
엄마 속이나 태우지 말았어야지..

엄마 !
너무도 여리고 여린 곱고 고운 내 엄마
그 마음에

커다란 상처만 안겨준 못난 딸
용서하라고 말 못 해요

그래도 엄마 !
엄마는
큰딸이 얼마나 엄마를 사랑하는지 알지?
하염없이 눈물이 흘러도 후회만 남는
엄마에게 갚지 못할 사랑
엄마아! 사랑해
엄마~~~

별다방 미쓰리

향하는 발길이 목적이 있어도
외로움이 뼛속까지 파고드는
슬픈 어느 거리에서

나만큼 추워 보이는
어느 청년이 건네어준
광고 전단지 속엔
미쓰리가 날 기다린단다

김이 모락모락 나는
커피향 가득한 별다방에서
커피 한 잔에
20%나 깎아준다면서 말이다

그래, 난 외롭지 않은 거야
언제나 날 기다리는
별다방 미쓰리가 있잖아

아!그런데
미쓰리는 얼마나 또 외로울까
아직도 전단지는 내 자동차 안에서
잠을 자고 있으니.

꺾어다 꽂은 산 꽃

길 잃어 헤매던
후끈한 내 손 안에서
시들어 버린 너!

차가운 물병 속에
너를 꽂아 놓고
성성해지기만을 바라보는
내 마음이 아프다

하룻밤 사이에
생생하게 되살아 난
그런 널 보는 내 마음이 또 아프다

네 향기는 여전해도
너 아무리 생생해도
다시는 돌아갈 수 없는
본향을 잃어버렸으니…

눈꽃

해 뜨면 사라질 찰나의 아름다움
영원할 수 없는 우리의 젊음이어라

순백의 아름다움도
돌이킬 수 없는 허무로
살아져야 할 운명이라면

아폴론의 그림자를 피해
달아나는 다프네가
부러워라

영원히 시들지 않을 월계수로
승리의 관으로

인내의 미학

인내의 미학 속
옹이 된 마음이 굳은살이 되었다

견디다 견디다
폭발하는 불덩이
찢어지는 굳은살

선혈이 흐르는 아픔
세포 하나 하나가
죽어 가는 동안
기억도 사라지면 편하련만

의지는 무너지고 가슴이 살아
또 다시 인내의 언덕에 서 있는 마음

내게 철든다는 것은
이 세상을 놓을 때나 찾아올 것인지…

바람의 노래

바람이 빈 들판을 달릴 때
쪽빛 하늘이 그리웠다

소리 내지 않으려
가만히 불고 싶은 속내와는 달리

웅웅대는 울음이 목에 걸려
바람은 서러운가 보다

숨어들 숲이 없는 빈 들판에
감출 수도 없는 슬픈 바람의 노래

쪽빛 하늘은 듣고 있었는지…!

불변의 휘닉스

가슴속 자리한
휘닉스의 깃털을 뽑고 뽑아도
다시 자라나
잊히지 않는 당신

당신을 보낸다 해도
내 사랑이 변해서가 아닙니다

함께 하지 못해도
확인하지 못해도
당신의 사랑을 느끼며 품고 삽니다
눈에서 멀어지면
마음에서 멀어진다는 말
아니더이다

함께하지 못하니
더욱 그립고 애타는
사랑이 되더이다

헤어질 안타까움에
마음 저린 슬픔은
참고 참을 수 있지만
당신이 내게로
올 수 있는 사랑이 아니기에
당신의 사랑이 더 깊어지기 전

이제 고만
가슴속 숨은 통곡을
놓으려 합니다
그리하여도 그리하여도
당신은
영원한 내 불변의 휘닉스입니다

불평하지 않습니다

커다란 연못이 아닌,
자그마한 장독 뚜껑 속에서
꽃을 피우고
불평하지 않고 활짝 웃고 있는
맑고 화사한 옥잠화

하루 만에 지는 꽃이
슬프다거나 허망하다거나
걱정스러운 표정이 아닌
하루도 감사한 표정으로
화사하게 웃고 있다!

익지 않은 가을

내가 보는 것은 나만 보듯이
내 뼈가 녹는 듯한 외로움을 당신은 모르십니다

역시 당신이 보는 것은 당신만 볼 수가 있습니다
내 우주와 당신의 우주가 따로 있다는 것을
이제야 뒤늦게 깨달았습니다

팔 뻗어 당신에게 아무리 가까이 가려해도
당신은 견고한 당신의 우주를 벗어나려 하지 않습니다

피를 말리는 이 외로움은
결국 저 자신이 만드는 허망한 기다림입니다
익지 않은 가을이 추락하는 것처럼
가을이 추락하는 그 길엔
당신 발자국이 .

그리움을 버린 마음

어느 날

캄캄한
알에서 깨어 나와

훨훨 창공을 나는 새가 되어
바라본 세상은
온통 파란 평화다

기억 저편엔
쩍쩍 갈라지던
얼음 덩어리 위로
부유물이 둥둥 떠간다

내 찌꺼기
네 찌꺼기
세상 찌꺼기

애써 잊으려 안 해도
저절로 잊히는 것이
진실이다

가끔
그리움을 버린 내 마음엔
담담한 탈속의 강이 흐른다.

다짐

신뢰를 꺾은 슬픔에
어리석은 집착으로
당신의 걸작품인 나를
고문하지 않게 하소서

산을 옮기기 위해
작은 돌멩이부터 옮겨야 함을
잊지 않게 하소서

우리의 사랑
마무리되지 않은 작품으로
남지 않게
가치 희소성이 있게 하소서

그러하기 위해
슬픔이 채워도
그리움이 아파도
뼛속까지 신념을 채우게 하소서
우리 활짝 웃을 수 있는 날까지…!

사랑한다

멋지다 5월의 푸른 숲
피톤치드가 내 심장을 닦아준다

종류를 알 수 없는 큰 나무, 작은 나무,
많은 나무가 똑 같이 사랑스럽다
나뭇잎을 스치며 사랑한다 속삭인다

작은 풀 한포기도 어울려 사랑스럽다
그 속을 걷고 있는 나는
사랑 속을 걷고, 사랑을 먹는 것이다

내 몸속으로 사랑이 스며든다
무엇을 더 바랄까
나는 행복한 사람이야.

바람은

바람이 빈 들판을 달릴 때
숨어들 자락이 그리웠다

소리 내지 않으려
가만히 불고 싶은 속내와는 달리
웅웅대는 울음이 목에 걸려
바람은 서러운가 보다

숨어들 숲이 없는 빈 들판에
감출 수도 없는 슬픈 바람의 노래

부딪쳐 쓰러져도 안아주고 싶은
너는 알고 있는지 내 사랑을 ~

낙엽이 하는 말

낙엽이 진다고
슬퍼하지 마세요
차라리 부러워 하세요

우린 곱게 물들어
아름답고 기쁘게
나폴나폴 춤추며 떨어져

또 다른 아름다움을 만드는
거름이 될 테니
우리는 감사하답니다.

산마루 등불

캄캄한 산마루 붉은 등불 하나
나를 닮은 듯 외로워 보여
울컥 눈물 고이는 바보

언제나 함께하는 내 친구 음악이
마음을 쓰다듬는 밤

가슴에 들어있는 사랑이
외롭지 마 바보야
내가 네 안에 들어 있잖아. 속삭인다

집으로 돌아가는 길
흠뻑 땀 흘려 젖은 옷이
차장으로 들어오는 바람에
반짝 상쾌하여 감사하다

가질 수 없는 사랑도
슬픈 피에로가 되어
내가 내 안에 가둔다.

꿀벌들의 감사함

그대 오세요
감국 향 그윽한 뒤뜰로

수천 번의 날갯짓으로
바늘 끝만큼의 꿀을 묻혀
헤아릴 수 없을 만큼 오가며

겨울 양식을 모아 들이는
꿀벌들의 현란한 몸짓을
배우고 싶지 않나요

그대 오세요
자기를 내주어 남을 먹여 살리는
말 없는 감국 향도 느껴보시고

꿀벌들의 감사한 노래와
부지런함도 배우시고
그윽한 감국 향에 취해도 보세요.

헌 의자

친구가 주워다 준 아직은 쓸만한
등받이 군데 군데가 낡은 헌 의자들
고달프고 힘들었던 삶의 흔적들
애잔하다

살아야 하는 운명의 탄생
얼마나 많은 날을
의자에 기대어 삶을 엮었기에
나무 등받이가 닳아서 헤어졌을까

그 위에서 엮어나간 삶의 전쟁들
가족이 먹고 마시고 살찌워졌을
가장들의 무거운 책임의 흔적들

나는 그것을 다시, 잠시나마
고달픔을 쉬어갈 수가 있는
안락한 의자로 깔끔하게
단장하리라.

그땐 잊히겠지

스러지는 노을이
마지막 타오르는 정열

심장을 뛰게 하는
눈물겨운 희망도

은빛 햇살에
저 혼자 뒤척이는 파도의 안타까운 사연도

아침마다
가져오는 빛들의 잔치가
숨어드는 날

그대 그리운 대지의 채취
쏟아져 내리는 우주에
나를 묻는 날

그대 놓을 수 없는 그리움 그땐 잊히겠지.

맨드라미 꽃의 감사

나는 두텁게 살이 찌어
향기도 내지 못하고
바람이 불어도 살랑거려
벌과 나비를 유혹하지 못했지만
바라보아주는 사랑스러운 눈길 있어
외롭지 않았답니다

대신에 나를 키워준 햇빛과 목마른 갈증에
어쩌다 내려주는 비에 감사하며
바람 불면 바람에 실려 오는
다른 꽃들의 향기를 맡을 수 있으니
감사했답니다

서리 맞아 내 빛깔이 조금은 충충해졌지만
나를 가꾸어준 주인은 나를 버리지 않고
소중하게 다루어 내 본연의 빛깔을 낼 수 있게
정성껏 말리어 차로 만든답니다

아무 쓸모없는 줄 알았던 내가
죽어서도 누군가를 위해
내 아름다운 빛깔로 나를 대접할 수 있다니
이 세상 태어나 이보다 더
감사한 일이 있을까요
나는 죽어서도 감사하고 감사하답니다.

가을의 눈물

자기 몫을 다하고
본향 돌아가는 가을을 태우며
자꾸 눈물이 납니다
연기 때문이라고
애써 감추려 하지만

마음 한구석 저린 아픔이
슬픔 되어도 울지 않으리라
마음 추슬러 보지만
자신을 불태워 거름으로 내어줄
저 낙엽만도 못한 내 모습

무엇을 위해 태우고
무엇을 위해 살았고 살아야 하는지
참 부끄럽고 부끄럽습니다

부끄러움이 있으면 눈물을 거두고
일어서야 하는데
슬픔에게 나를 내어준 가을
자꾸만 눈물이 흐릅니다

자꾸만 저립니다
외로움은 내가 만든
슬프고 못난 덫입니다.

고흐의 밤의 카페에서

라홀의 고독한 밤의 카페

고흐의 힘겨운 자유가
노란 해바라기
일렁이는 물결 속에 출렁댄다

붉은 양귀비
밀밭 사이로
또렷한 총성이
애달픈 고독

두고 온
내 자유가
노란 해바라기
꽃잎 속으로 사라지다

통증으로
숨죽인 가슴속
앤틱샵 귀퉁이
노란 해바라기로 다시 핀다.

2부

여자가 눈물을 흘릴 때

생각

흘러간 것은 흘러간 대로
기억 속에 머물지 말자
돌아올 날 조바심의 기대도 버리고
지금, 여기를, 아름답게 살아서
나의 존재 농도를 높이는 삶으로
행복에 묻히고 싶다.

가장

창 너머 아침 출근길
짐차에 실린 무게만큼
가장의 어깨가 무겁다

택시를 타고 가는
조급한 마음에도
하루의 시작이 순조롭게
돌아가길 바라며

저녁이
내일이
한 달이
일 년을
가장의 어깨에 얼마나 눌러야
평화가 올까

오늘도 성난 세상에서
가장의 무거운 어깨는
갖가지 자동차를 지고 간다

망각

이불속
거위털이 포근하다

거위털의 망각은
연못 속의 물고기를 잊었다

하얀 머리카락의 기억엔
검은 머리카락을
기억 못 한다

망각은 참 감사한 일이지만
이불속 하얀 머리카락
엄마의 모습에
내 마음은 아프다

머지않아 나도 나를 잊는
축복의 강을 건너겠지
아픈 마음까지도

마음이 몸의 주인이 아니기에
망각은 축복이다

세상일랑 버리고

하얀 눈이 펑펑 날리는 날에
그대와 손잡고
거짓으로 가득한 세상이랑 버리고
아무도 찾지 못할 깊은 산속으로 들어가고 싶다

그대가 누구를 사랑하든
내가 누구를 사랑하든
그런 것일랑 말끔히 잊어버리고

산새 노랫소리에
순전한 마음이 되어
조곤조곤 이야기꽃을 피우는데

내가 그대를 더 사랑하고
그대가 나를 더 사랑한다
사랑싸움에 지쳐 밤을 새우면
동트는 산자락에 희뿌연 안개를 바라보다
잠이 들면 좋겠다

갈증

고속도로를 달리며
목이 말라 갈증을 느낀다

휴게소를 찾아
물 한잔에 갈증을 해소하니
모든 것을 다 가진듯한 만족
잠시 부자인 줄 알았는데

감미로운 음악에 페달을 밟으며
그리운 사람의 목소리가 또 그리운
또 다른 갈증에
나를 가난으로 몰고 간다

한잔의 물처럼 한마디의 목소리가
내 가난한 갈증을 풀어줄 것 같은 마음

나를 가난하게 하는 것은
가진 것의 크기가 아니라
채우지 못하는 갈증
내가 만드는 마음이다

화

내가 못마땅해서
그대가 화를 낸다면
나는 절대로 그대에게
화내라고 한 소리가 아니기에
내 마음이
소리 나지 않는 웃음으로 다독이겠습니다

그대로 하여금
내가 화가 난다면
그대가 나를 향하여
화내라고 말하지 않았기에
그대의 자극에 내 반응을 넓히며
이 또한 보이지 않는 웃음으로 삼키겠습니다

광화문 역사

마음이 만들어낸 허공
채워도 채워도 채워지지 않는 진실
버려도 버려도 버려지지 않는 집착
않는 진실 않는 집착

도도히 흘러가야만 될 역사는
퍼내도 퍼내도 마르지 않는 오류
미개한 슬픈 공동묘지

질러도 질러도 시원찮은 가슴 가슴들
너도나도
육두문자 입술을 달고
오물통을 뒤적인다

천국

천국은 가는 것이 아니라
만드는 것이라고

지금, 여기를, 의지와 행동으로
올바르게 살아 만드는 것이라고

내 생각의 자유가
나를 자유롭게 하니
어지러운 세상 속에서도

나는 살만한 세상을 보고
감사하리라고

연연

욕망이 만들어낸 견물생심인가
지나간 마음을 버리고
새 마음을 담아 또 다른 나를 버리고
훨훨 날고 싶은 저 은유의 창공
나는 없고 나는 없소
버려도 버려도 슬픔뿐이네

그대만 보인다

내 안에 쓴잔 이 뒹구는 슬픔
매일 깨어지는 아픈 상처

눈치 없는 내 오감을 지나
타오르는 마음 용광로에
감성이 부채질하면

나는 없고 그대만 보이는
오늘도 난 슬픈 삐에로

내일도 해는 뜨겠지

말짱 거짓말

혼들리고
외롭고
두근거리면 청춘이란다

아직도 혼들리는데
아직도 외로운데
아직도 두근두근 대는데

말짱 거짓말
석양이 아프다

정토사 가는 길

하얀 눈을 밟고 정토사에 올라
내 무거운 마음을 닦으면
깨끗해지려나
아서라
순백의 길에
내 더러운 욕심이 찍힐까 무섭다

보낸다

보낸다
내 마음에 욕심을

보낸다
내 마음에 집착을

보낸다
내 마음에 슬픔을

나는 나답게
무엇에도 매이지 않고

지금 여기를
멋지게 살아

모든 것으로부터의 자유,
자유 하리라

너를 보낸 뒤에

너를 보낸 뒤에
내게로 다시 돌아올 수 있는 사랑을
노래할 수 있는 나라면
나는 이 지구별에서
제일 행복한 사람일 것이다

돌아올 수 없는 사랑
기다릴 수 없는 사랑
이런 사랑도 있다는 것에

지구별에 살아있는 사랑은
내겐 크나큰
희망의 사치다

가끔은 저리게 눈물 나는
내가 미안해!

쉬고 싶습니다

영혼과
몸이 쉬고 싶습니다

바람의 냄새와
얼음장 밑으로 흐르는
계곡물 소리에
내 마음 실어 보내고 싶습니다

아무도 밟지 않은
퇴색한 낙엽을 밟으며
새싹이 돋아날 봄 거름으로 쓰일
자신을 내어주는
낙엽 부서지는 소리에 감사합니다

산새 지저귀는 소리에 대합니다
나를 사랑하지 않아도 너를 사랑한다고

우중충한 겨울산을 바라보며
봄이 오면 푸른 숲이 찾아올 것을 기대합니다

쉬고 싶습니다
겨울잠을 자는 저 숲 속과 함께
내 안에 눈물겨운 사랑도.

음악

클래식한 조명 아래
멋진 음악이
마음 깊숙한 감성을 깨우면

몸이 자동 반사되는 순간
아무것도 보이지 않는 황홀함
음악은 나를 잊게 하는 유일한 마법

온몸의 세포가 살아나
기쁜 함성을 지르면
엄지 척 환호가 들리고
살아있는 내가 보입니다

나를 미치게 하는
나를 솔직히 드러내도
나를 나무라지 않는
내 첫 번째 사랑은 음악입니다.

음악이 되고 싶다

음악이 되고 싶다
높은 곳, 낮은 곳, 깊은 곳, 넓은 곳
바다, 산, 강
어느 장소에도 갈 수 있는 음악이 되고 싶다

슬픈 이에겐 기쁨을 주는 음악
외로운 이에겐 위로를
주는 음악 기쁜 이에겐 더욱 사랑받는
음악이 되고 싶다

음악이 되어 가고 싶다
훨훨 날아서
그대 감성을 깨우는
가슴속으로

남한강변 산

사글사글 도화꽃
분홍빛 요염한
웃음들이 간지러워
이산 저산
온통 발그레 상기했구나

어이할거나
머지않아
도화꽃 태동에 산은
몸살로
푸르게 푸르게 사색이 될 터인데

아무렴, 때가 되면
주렁주렁 털복숭아
근질거려도
산은 온통 여인네 볼 같은
복숭아 향기에 취해
비틀거려도 좋으리~!

따스한 손길

진정한 손길이
얼마나 따스한 마음을 만드는 것인지

복수가 넘쳐 소독하고 나가는
간호사에게 환한 미소로 손을 흔들며

엄마는
"수고하셨어요. 손길이 따뜻해서 너무 좋았어요"

차가운 핀셋과 차가운 소독약도
엄마의 따스하고 감사한 마음을 꺾지 못했다

여자가 눈물을 흘릴 때

가끔 아주 가끔 내가 나를 보면 예뻐 보일 때가 있다
누군가에겐 도움이 되고 나는 가난해질 때이다

가만히 거울을 보면 눈가에
자글자글 주름도 예뻐 보이고
무엇보다 눈동자에 선한 그림자가 웃고 있어
내가 나에게 말한다

그래 넌 예쁜 여자야
마음씨를 곱게 쓰니 눈가에 주름도 웃고
입가에 주름도 행복한 웃음을 웃잖아

그래 너는 사랑 받을 자격 있어
거울 속에 비친 살아온 연륜에 감사한다
여자가 눈물을 흘릴 때는
감사해서 흘리는 눈물이 진짜이고

사랑 때문에 여자가 흘리는 눈물은
아직 감사할 일을 다 하지 못했기 때문이다

통증

상처난 마음
이카로스의 날개를 달아
높이 높이 올라가 날개를 접고
추락하고 싶다

산산이 부서진
꿈들의 조각을 모아
붉은 꽃으로 예쁘게 피워

통증으로 힘든 가슴
화사하게 웃고 싶다

그대도 지나다가 붉은 꽃을 보면
활짝 웃어주면 좋겠다.

3부

세포 하나 하나에 참회를 심어

세포 하나 하나에 참회를 심어

가슴이 탄다
혼 불이 탄다
미치도록 소리 지르고 싶다
태산이 우르르 내려앉는 소리로

진정 대한민국을 사랑한다면
그대는 없고 백성만 보아라
그때야 비로소 그대가 보일 것이다

양심을 속이는 죄악
토악질 멀미로 모두 쏟아내고
세포 하나하나에 뼛속까지 참회를 심어
맑은 영혼이 춤추게 하라

그리하면
그리하면
백성도 따라 참회하리라

모자라게 섬긴 참회를
올바르게 바라보지 못한 참회를

목숨 바친 순국선열들의
통탄의 비명이 들리지 않는가
가로막힌 이 작은 나라를 또 반으로
정녕 둘로 갈라놓을 것인가

반쪽도 제대로 추스르지 못하면서
통일은 언제 시킬 건가.

벗어 버리고 싶다

수직 깊은 곳에
나를 묻고 싶은 그리움

비루 먹은 양심과
타협하지 못하는
치기의 오욕

겹겹의 포장된 허물
침묵의 순리에
토라지는 순정

내 별 하나
띄울 수 없는
서러운 황홀을

상처

내 안에 쓴잔이
목줄 타고 올라와
입안에 뒹구는 모래알
푸른빛 바다보다 시린
보이지 않는 냉소에
심장은 맥박이 느리고

뭉개진 자존심에
얼음 같은 가슴은
떨어지지 않는 납덩이를 매단 채
가시덤불을 찾는다

아릿한 아픔, 싸늘한 소름으로
망각의 언덕을 찾지만
보이지 않는 냉소는
소금으로 상처를 절이고

거짓이 가시가 되어
내 아린 상처를 할퀴어 피가 흘러도
그냥 이렇게 바보로 남을 수밖에 없는
나는 슬픈 피에로.

동백

붉은 정염 토해낸
가지마다
뼈마디 쑤셔대는
칼바람 할퀴어도

얼음 같은 눈 속에
꼿꼿한
네 정절이 숭고함이여!

상 한 번 찡그리지 않는
고고함이여!

어디쯤 임에 향기 오시는지
저린 가슴 시리도록
방긋 웃는 천진함이여!

질투

봄이 찾아왔는데
질투도 함께 왔다

흘긴 눈 사이로
서늘한 강이 흐른다

가거라
너도 흐르고
나도 흘러

만나지 않고는
견디지 못하는
바다에서 만나
우리 서로를 절여보자.

향기 터지는 소리

여린 새싹의 사랑스러운
상큼한 향기 터지는 소리

갈 때를 알고
자리를 비워주는
감국의 마른 향기
줄어드는 슬픈 소리

한 줌의 재로 돌아갈
우리네 인생과 똑같은

향기 터지는 희망의 소리
향기 줄어드는 슬픈 소리

슬퍼도 나를 태워
여린 새싹의 거름이 될 것임에
행복함도 알게 합니다

잔설 밟는 소리

"참 좋아 눈 밟는 소리가"
"네 뭐라고요?"
"눈 밟는 소리가 좋다고"

사각사각 뽀득뽀득
잔설 밟는 소리

세찬
봄바람에 전하는 소리가 희미해도
봄바람에 묻히는
앞서가는 부부의 잔설 밟는 소리가
맛있게 아름답다

슬퍼도

그대 오세요

그대 오세요
아무도 밟지 않은 이른 새벽
타박타박 그대 발자국에
또각또각 제 발자국으로 장단 맞추고 싶어요

그대 오세요
아침을 깨우는 햇살에
반짝이며 일렁이는 호수의 바람으로
그대 간질이고 싶어요

그대 오세요
물새가 첨벙
고기 낚아채는 소리
듣고 싶지 않나요?

그대 오세요
희뿌연 안개를 거둬가는 햇살 속에
환하게 웃는 그대 모습 보고 싶어요

그대 오세요
그대를 보는 눈은
눈부셔 찡그려도
바보같이 웃고 있는
제 모습 보고 싶지 않나요?

그대 오세요
우리 서러운 눈물
깊은 호수에 모두 주고
맑은 영혼으로
서로를 물들이고 싶어요

현호색

뜰 앞 바위 옆에
현호색이 혼자 외롭게 피었다

혼자 피는 현호색은
제 색깔을 내지 못하고 초라하다

한들거리는 허리가
시린 봄바람에 힘겨운 듯 흔들리다

향기도 없이 멈춘다
산 빛 바라기 슬픈 눈을 닮았다.

쟈이브

음악을 흡수한
세포가 노래하면
탁 트인 벌판에
춤추는 한 마리 자유

햇볕에 반짝이는 물 위로
물안개 피어오르는 아침의 황홀함

순간순간
나는 없고
음악이 춤을 추네
음악이 나를 먹네

꽃보다 못난 슬픔

꽃지는 아픔 있어도
푸르름을 만드는 너
너보다 내가
강한 줄 알았다

네가 이쁘다고 함부로
꺾어 안방에 들이고 바라보다
네가 시들어 버리면
아궁이에 던져버렸는데

그래도 너는
꿋꿋이 푸르름을 피우고
열매를 맺는구나

한번 꺾인 가슴앓이 통증
털어버리지 못하는 못난 나

비우고 비워도 비운 자리
다시 고이는
마르지 않는 그리움
그리워 아파도
다시는 피지 못할
꽃보다 못난 슬픔

송화

맛있는 꽃인 줄만 알고
송화다식 만들려고 털어냈더니
알아서 떨어질 것이라고
건드리지 말라고
내 눈을 콕 찔렀다

노란 송화 가루가
나도 꽃이라고
잔뜩 화가 나서
내 눈을 붉게 물들였다
내가 너를 너무 깔보았다.

느티나무 아래 서면

단 4시간도 한자리에서
움직이지 않고 서있지 못하는 나

400년 이상을 한자리에서
묵묵히 비바람 찬서리 견디며
혹독한 겨울바람에도
불평 한마디 하지 않고 견뎌준 느티나무

존경하는 그대 나무 아래 서면
겸손히 작아지는 나입니다

가고 싶은 곳 다 가면서도
무엇이 부족하다 불평하는 나

단 한치도 움직이시 못하는
그대 앞에 서면 부끄러워집니다

100년도 못 살면서 힘들다 못 살겠다
엄살 부리지 말고 내려놓으라는
느티나무 그대의 충고가 들립니다

소원

그대와 내 영혼이
자유했으면 좋겠습니다

분망한 자유가 아닌
맑은 영혼이 부딪쳐 흐르는 강이었으면 좋겠습니다

왜냐하면
자유의 끝은 진정한 사랑이기 때문입니다

그대의 자극에 내 반응을 넓힙니다
그 사이에 우리 자유를 끼워 넣어요

그대의 진정한 자유를 찾아주고
그대의 자유를 존중하고 싶습니다

아름다운 세상입니다
감사합니다
축복합니다
사랑합니다.

꽃진 자리에 새도 떠나고

내 마음을 설레게 하던
꽃진 자리에 새는 갔습니다

뒷산 뻐꾸기 뻐꾹뻐꾹
가슴을 헤집습니다

재잘대는 참새들만이
앞마당 엄나무 높은 가지 속에서
다 그런 거라고
내 마음을 쪼아댑니다

꽃진 자리에 새는 갔습니다.

그대가 있어 참 행복합니다

시간의 경계를 넘어서는
마음 푸근하게 기다릴 수 있는
그대 안에 담겨 있는 주님의 마음을 보기에
제겐 축복입니다

주고받는 대화에
일상 모든 것의 솔직함과
짤막한 유모와 배려
진실함 속에 마음 담겨 있음을
보게 하시는 주님 계시기에
참으로 기분 좋게 제 마음도 보냅니다

영혼이 통하는 일치
서로에게 부담 주지 않는
넓은 포용이 참 신선한
그대는 진정한 내 친구입니다

이것이 놀라운 생애의 첫 경험
주님의 축복이기에
참으로 감사합니다

주 안에서
그대를 사랑합니다
모든 것으로부터의
자유함을 알게 하시고
마음 만져주시는 주님께 감사합니다.

비 오는 소리

비 오는 소리
한 편의 시 같은 소리
타는 갈증 촉촉이 적시는 엑스터시

뒷산 뻐꾸기 꾀꼬리
앞마당 수다쟁이 참새 떼도

비 오는 소리에
숨죽여 울음을 그다
소리 내면 비가 달아날까 봐

가뭄

그리운 그대 하늘만 쳐다보며
자글자글 돌부리에 상처 내며
아프게 흐릅니다

그립고 그리운 그대
언제쯤 내게로 오시런지요

자글거리며 바다로 흘러
소금 되면 오시런지요

그대 시원하게 단비로 오시면
한 몸 되어 여유로운 아리아로
행복하게 흐르고 싶습니다.

사랑은 혼자서 하는 거다

사랑은
사랑이 아픈 상처에
약을 발라주는 것이다
내가 치료할 수 있는 약이 없을 때
사랑을 위해서 기도하는 사랑

사랑이 힘들 때 용기를 주십사
괴로울 때 모든 것으로부터의
자유를 찾을 수 있는 지혜를 주십사

사랑이 화가 났을 때
함께 화내 주는 사랑이 아닌
자극과 반응 사이를 넓혀주고 싶은 사랑

사랑이 토라져 사랑을 버려도
내 사랑은 변하지 않기에
사랑은 혼자서 하는 거다

사랑은 나를 넘어서

그대의 어떤 처지에도
사랑은 주는 것이기에
사랑은 혼자서 하는 거다

사랑은 혼자서 아파하는 거다
진정한 사랑은 사랑이 떠나 슬퍼도
그대에게 부족함을 아는 나
나 노엽지 않음은
사랑은 혼자서 하는 것이기 때문입니다

Mourir D Amour

그대가 즐겨 듣던
내 심장을 파고드는 노래
Mourir D Amour

아직도 지워지지 않는
당신의 숨결
이것이 사랑이라고 하지 않겠습니다

내 사랑은
영원을 넘어선
끊임없이 흐르는 당신을 향한 강물입니다

당신과 함께 흘러 가는 세월입니다
Mourir D Amour

4부

그것이 시다

그것이 시다

망각의 늪에 눕고 싶은 마음과 달리
허기져 오는 마음
어떤 의미를 두지 않고
배 불리기 위한 식욕으로
나를 채운다

내가 너를 먹는다
슬픔도 먹는다
사랑도 먹는다
가득히 담은 정에 잠들다
소스라쳐 깨는 생리
숨길 수 없는 진실이다

그립다고 말을 할까
참았던 서러움
어디에도 풀 수 없어
깔깔대는 소녀가 되어

카톡에 솔직한 진심이 오가다 멈추면
텅 빈 여기

운동화 끈을 조이고
헐떡이는 숨으로
초록을 끌어안고 울음을 삼켜도
죽음이 나를 기다려도
내쉴 곳이 나를 기다려
가슴 깊숙한 곳
감사는 언제나 살아있어
내 시는 언제나 내 안에 살아있는
그것이 시다.

죽이는 연습

힘이 나는 아침
뻐꾸기 뻐꾹뻐꾹
남의 둥지 빌려
새끼 친 것 미안하단다

같은 동족 아니어도
서로를 감싸며
외로움 달래는 고양이와 복실이

북쪽에서 내린 비 남쪽에서 내린 비
서로 만나 얼싸안고 같은 소리로 노래하며
여행을 떠나는 정겨운 하모니

평화로운 아침
유독 산 넘어 들려오는
탕탕 탕탕탕 탕탕탕탕탕 따다다다다
인간이 내는
소름 끼치는 총 소리
사람 죽이는 연습 소리

인간은 언제쯤이면
새처럼 물같이
자연처럼 살까

고라니 똥

아침 뒷담 문을 열고
젖은 산에 오르다
우거진 수풀 사이에
구슬구슬 고라니 똥이 밟힌다

살아 있는 무엇이
내 집 가까이 왔다 갔음에
포근한 마음에
가슴이 따뜻해진다

오늘 자른 머위대는
조금 더 맛있겠다

죽음

죽고 싶다
생각이 나를 끌고 가지 못하도록

죽고 싶다
아무것도 생각나지 않도록
떠나가면 고만이다

짧은 것도 긴 것도
시간은 영원을 잡지 못한다

내가 죽고 싶다는 것은

99%의 감사와
70%의 행복에
1%의 불만
30%의 슬픔을
견디지 못하는 못난이의 사치다

NS 쇼핑 마케팅입니다.
전화도 반갑더라
아직은 살만하다

사랑임에 행복했어라

스러져 가는 붉은 노을
초록 바람이 싱그러워
가만히 보듬어 보는 가슴

애써 외면해
놓아주려 심호흡 뱉어내지만

파고드는 바람에 시린 가슴
눈물 되어 순정이 무너진다

슬픈 영혼의 허락은
심연 깊은 곳의 그리움

시간의 흔적도
사랑임에 행복했어라

가고파

가고 싶어
가고 싶어
따스함이 있는
그리운 곳으로

애간장 녹이는 빗소리에
마음이 채비를 하고 문을 박차는데
빗장이 열리지 않네

안개 자욱한 캄캄한 밤
목숨 내놓고 달리던 그 길엔
허망하게도 내 한 몸 눕힐 종착역이 없었다

진정 기다리는 이 없으니
돌아갈 곳도 없구나

아! 우는 줄만 알았는데
짝을 부르는 저 개구리
유혹의 소리가 부러워.

나는 참 행복한 사람입니다

새벽 맑은 물소리를 들으며 걷는 길
많은 텐트가 쳐진 모습들을 보면
이 길을 매일 걸을 수 있음에
나는 참 행복한 사람임을 감사합니다

걷는 길에 나를 신뢰해주는
멋진 친구 집이 보여
나도 따라서 친구를 신뢰하는 마음이 생겨
또 감사하는 행복이 피어오릅니다

지나는 길에 마주치는 사람들
이름도 모르지만 안녕하세요. 한마디
험한 세상에 아직도 따뜻한 세상이 있음을 감사하면서
점점 더 아름다운 세상이 되기를 기도합니다

저만큼 양손에 지팡이를 짚은 할아버지와
그 뒤를 묵묵히 따르는 할머니의
정겨운 모습을 매일 볼 수 있음에
부부는 저렇게 살아야지 흐뭇함에

가슴 뭉클 감사합니다

마주 오는 여인이 산책시키는 덩치 큰 멍멍이가
나를 알아보고 꼬리치며 다가오니
말 못 하는 짐승이라도 사랑스럽고 감사합니다

두루미가 물고기를 낚아채서
힘차게 날아올라 새끼에게 물고 가는 모습에
카메라 셔터를 눌러보려 했지만
쏜살같이 가버려 서운해도
내 눈이 즐거웠기에 감사합니다

하루의 시작이 온통 감사로 시작하며
돌아가 쉴 수 있는 집이 기다리니
소박하게 살아도
나는 참 행복한 사람입니다.

내가 부러운 것

발길 닿지 않는
호젓한 산길에

어깨 나란히 기대어
꼭 붙어 피어 있는

청초한
단 두 송이
쑥부쟁이 꽃

누구를 만나느냐에 따라서

어제는 예쁘게 피어 있었던 꽃
아침마다 활짝 웃어주던 꽃은
누군가의 잔인한 손목에 모두 꺾여
처절하게 울고 있었다

우리 인생도
누군가를 만나느냐에 따라
예쁘게 피어 웃을 수도 있고
잔인하게 꺾이어 아플 수도 있다는 마음에
나도 따라 울고 싶었다.

욕심

걷고 걸어도 비워지지 않는
가득한 그리움
가득한 사랑

보이지 않는 허상에 집착하는 어리석은 욕심
깨어 바라볼 수 있는 혜안을…!

무엇이나 받아 드릴 수 있는 마음
무엇에나 참을 수 있는 믿음

나는 없고 나는 없고
아무것도 바라지 않는 마음

침잠 속에서
미소 지울 수 있도록
욕심이 낳은 끈으로
나를 동여매지 않도록.

엄마는 알고 계실 거야

엄마한테 물어봐야지
어떻게 했으면 좋겠냐고
전화해 봐야지
아~ 엄마는 가셨지

엄마~
김장 무는 늦어서 못 심고 총각 무씨만 뿌렸네
엄마에게 씨앗 보내 드려야지
아~ 엄마는 가셨지

가슴속 멍울이 아프다
곧은 심지가 무너진다

내가 괜스레 미안하다

땀에 절어 후줄근해 힘없이 밥집을 찾는 노동자들
한쪽 다리를 저는 모습의 고달픈 얼굴
엉덩이가 한쪽으로 빠진 모습

구부정한 허리에 등이 굽어 걸음걸이가 어정쩡하다
미처 털어내지 못한 먼지가
젊은이의 검은 머리가 뿌연 회색빛으로 보이고
쭈글쭈글 노인네의 주름진 얼굴엔
알지 못할 검정이 묻어
지친 기색이 완연한데

한쪽으로 기우뚱 처진 어깨엔
짓눌린 무게의 아픈 흔적이 붉게 절어있음에
가슴을 싸하게 눈시울이 뜨거워진다

웃음기 가신 무표정한 고달픈 모습들이
아프게 아프게 밥을 올리고
반찬을 담는 손들이 가늘게 떨린다

"아줌마 ~소금 그릇이 없네요"
"소금이 왜 필요해요?"
"내가 땀을 너무 많이 흘려서 국물에 소금을 더 넣어야 해요"

커다란 접시에 한가득 밥과 반찬,
다른 한 손엔 국수그릇이 푸짐하다
그나마 6천 원 뷔페 음식을 제공하는 음식점 주인이
고맙고
배불리 먹을 수 있으니 감사하다는 생각과 함께
방글라데시 어린 천사들의 노동현장 모습이 떠올라 가슴이 멘다

내 접시를 들여다본다
그들이 담은 양보다 반도 안 된다
나는 아직도 다 먹지 못했는데

후딱 일어나 후식을 챙기는 노동자들
왠지 내가 괜스레 미안하다
사는 게 다 이런 것이어야만 하나!
치열한 삶의 현장
아내들은 이런 지아비의 모습을 알고 있겠지?

새벽 3시

고요한 새벽 3시 온 마을이 고즈넉이 잠든 밤
귀뚜라미 우는 새벽에 등불을 밝힙니다

타닥타닥 장작 타는 소리
참나무 불꽃이 제 몸을 태워
향기로운 쌍화차 냄새를 온 동네에 퍼트립니다

이 향기는 멀리 태백 부산까지 가야 합니다
택배를 받고 아름다운 마음들이
환히 웃고 있는 모습이 보입니다
맑은 새벽 공기 속엔 상큼한 가을 향이 들어있어
내 마음도 상큼해집니다

눈물겹도록 보고 싶은 님에게도 보내고 싶습니다
투박하게 대추를 썰어 넣은 찻잔을 보고
저절로 미소 지어지던 님 지금쯤 마음 추슬러
아름다운 가을 들판에 힘차게 서길 바라며
멀리서나마 응원을 보냅니다

알고 보면 인생은 누구나 거기서 거기라고
긍정적인 마음으로 자신을 사랑하고 힘내라고
당신은 멋진 사람이라고 응원합니다
이 좋은 가을에 아프지 말고 일어서세요
사랑합니다.

내 사랑은 (2)

내가 없을 미래도
내가 존재한 지금도

한 마디의 어떤 언어도 필요치 않음은

내 사랑은
이미 나이기 때문입니다

유 싱킹

이기주의와 싸울 수 있는 내 사랑 유 싱킹
너와 내가
더불어 소통할 수 있는 유 싱킹
네가 아파할 때
네가 힘들어 절망할 때
내 사랑 유 싱킹이 너를 깨우고 싶다
나는 할 수 있어
너도 할 수 있어
우리 사랑하잖아 힘내!

함께 피니

혼자 피어야
예쁠 줄 알았다

함께 피고
어울려 피며
다정하게 마음 나누니

흐뭇하게 예쁘고
화려하게 예쁘고
푸짐하게 예쁘니

뭉게구름도
내려다보고
활짝 웃었다

5부

꽃 피우는 너를 보면

눈송이 같은 꽃

맑고 솜털처럼 포근하게 보이던
순백의 꽃이
차가운 눈송이로 보인다

그리움에 지친 가슴속 멍울이

고만 아프고 싶다고
바보처럼 하얗게 웃고 말자고
하얗게 지워버리자고

슬픈 향기도 풍기지 말자고
머지않아 시들어 버릴 것이라고
가슴을 후벼 판다

고만 착해 보자고
아픈 다리가 더 시리다.

수석

부드러운 바람의 애무 있어
묵묵히 흐르던 강물
여울목 흐느끼는 상처의 울음은
그대 단단한 아집과
뾰족한 상처를 끌어안았음이여

흐르건 물도 깊은 상처를 내었기에
작은 우주가 들어 있는 수석
인고의 세월
질곡의 세월
아픔을 기억하는지

뼈아픈 상처로 오롯한 그대가 있음을 아는지!

얼마나 아픈 줄 아는지?

꽃 피우는 너를 보면

봄
예쁜 꽃을 피워 많은 사람을 즐겁게 하는 너
봉긋봉긋 봉우리 터트리는 소리에
움직이는 모든 생명의 잠을 깨우고
기지개 켜며 희망을 품을 수 있게 하는 너
네게 고마워

여름
뜨거운 태양 아래 불평 한 마디 하지 않고
향기로운 달콤한 꿀, 열매 만들어
많은 생명을 먹여 살리는 너를 보면
내가 부끄러워

가을
꽃 지는 아픔으로 화사한 단풍 물들여
많은 이들의 가슴을 설레게 하는 너
모든 이의 사랑을 받는 네가
부러워

늦가을
모진비, 바람에 떨구는 낙엽되어
수많은 발에 밟히어도
묵묵히 자산을 내어주어 거름으로 희생하는 너
그런 너를 보며 가을이 아프다
가을이 슬프다는 내가 부끄러워

겨울
앙상한 추운 가지에
모진 눈보라 맞으면서도
불평 한마디 하지 않고
꿋꿋이 너를 지키는 고고함
그런 너를 보면 내가 참 작아져
봄, 여름, 가을, 겨울, 너를 보며
따뜻한 지붕 아래 깔고 덮고 먹고 마시며
무엇이 모자라다 춥다 덥다 슬프다
불평하는 내가 부끄러워

꽃 피우는 나무
너는 나의 스승이야
너는 나의 희망이야

미치게 보고 싶은 날

너를 보내고
밥도 잘 먹고
웃기도 잘하고
잠도 잘 자는 내가
때로는 저절로 눈물이 흘러
아프게 울기도 하는 내가 미안해

보고 싶음에 가슴이 저려
미치게 보고 싶은 날
그리움 하나로
세포 하나하나에 아픔이 스며드는 날

아무것도 하지 못하는 내가
살아 있는 내가 미안해

내일은 보이지 않아도 너를 보러 갈 거야
같은 공기라도 마실 거야

뒤뜰에 감국 향이 좋구나!
너에게 가지고 갈게
사랑해

순수한 사랑을 위하여

아닌 것은
잊히는 게 아닙니다
잊어야 하는 겁니다

연결의 고리를 끊어야 하는 게 아닙니다
본래의 순수로 돌아가 담담해야 하는 겁니다

다가가는 마음이 그대 마음에 평화의 씨를 뿌리면
다가오는 마음이 싹 틔운 평화를 내 안에 심어야 합니다

아닌 것은 자르는 게 아닙니다
서로를 보듬어 올바르게 세우는 겁니다

무엇에도 부끄럽지 않은
순수한 사랑을 위하여

가을을 말립니다

서적대는 가슴속 가을이 들어와
가을을 말립니다
내 사랑의 마음과 함께 말립니다
겨울이 와도 옹골찬 내 가을은 내 안에 숨 쉴 것입니다

떠가는 구름이 가만히 웃습니다
행복했었냐고
행복했다고 대답합니다

지금도 행복하냐고 묻습니다
마음속 들어앉은 감사는 영원하기에
지금도 행복하다고 말합니다

무엇 하나로도 행복할 수 있는 마음을 만들 수 있는
자유가
이 가을이 슬프지만은 않습니다
내 사랑은 그대도 어쩌지 못하는 사랑입니다

그대의 따뜻한 마음이 내 안에 숨 쉬니
가을이 달아나도 아무 소용 없음입니다
그래도 슬플 때는 홈뻑 춤을 출 것입니다

내 진정한 자유의 끝은 사랑이기에
그대도 자유하라고 울먹입니다

무에 그리 그리워

그래

무에 그리 그리워 목놓아 저리니
수행하는
그리움도 아닐 진데

평화로운 슬픔과
자비심을 살아도 모자랄
인생 나이 이순 앞에

나이 들면 마음도 형체도 색깔도
가버릴 줄 알았는데

때때로 솟는 가슴 뭉클한 그리움은
나만의 세계를 향한 뻗어 오름 일게다

낡은 지성은 무기력해지고
체념하기엔
내 젊은 날의 출렁거리던 파도가
아직도 거센 물살을 일으키고

감정의 소모 따위에
휘청이는 이순 앞에

정숙함을 가장한 내 안에 숨겨진 욕망
바람의 유혹에
가장 무기력한 나이가 될 줄이야

그래
사랑을 그리워하며 살지 말자
진정 맑은 영혼 하나 가슴에 담으며 그렇게 살자

여유

그래 무엇이 그리 조급해 서두르니
모든 것에 여유를 갖자
서두르지 않아도 세월은 가고
너도 가고 나도 가니
길동무 있어 못되게 푸근하구나

하하 허허 웃으며 살자
가만있어도 아픈 세상
무엇이 그리 아프다 아프다
아픈 타령인고
그리 안 해도 여기저기 뼈마디 쑤실 날 멀지 않았는데

마음마저 아프다 아프다 웬 말인고
너도 아프고 나도 아프니
우리 아픈 마음일랑 던져버리고
허허 너털웃음에 속없이 살자꾸나

우리 이 세상 떠나는 날
빈손으로 가도 되니 얼마나 다행한 일인가

그러니 너 잘났다 나 잘났다 욕심내지 말고
빵 한쪽도 나누어 먹고
서로서로 도우며 푸근하게 살다가
우리 가는 날 빈 손잡고 정답게 가자꾸나

멍청해도 좋으리

들길 따라 걷는 어깨에 비추는
투명한 겨울 햇살이 눈부시니
마음마저 부시네

볼을 스치는 싸늘한 바람은
가슴까지 스며들고
가슴속 깊은 자리 멍울진
오롯이 숨겨진 사랑

투명한 햇살에 씻기어
바람과 함께 보내고 싶네
모두 떠나간 텅 빈 주차장처럼

아무 욕심 없이 비우고 싶네
그림자도 지운 가슴이
멍청해도 좋으리.
하얀 눈 위에 겨울새 되어
그리운 피안(彼岸)의 언덕으로 훨훨 날아가고 싶네.

나는 푼수다

가끔은 내가 푼수다
눈치도 없고 코치도 없이
내 마음대로 생각하고
내 마음대로 느낀다

그래서 아프다
옆집 복순이는
날이 저물면
동네 자동차 소리가 아니면
마구 짖어대는데

나는 날이 저물었는지
이 소리가 그 소리인지
그 소리가 이 소리인지도 모르는
복순이보다 눈치 없는
나는 푼수다

그래서 매일 행복하다고 울고 싶은
나는 아픈 푼수다.

감사하는 나무

나는 몰랐어
나도 예쁘다는 걸
그 누가 말해주지 않아도
이제야 알겠어

열심히 성실하게 살아온 내 세월이
물, 그림자에 비치네
그림자에 비치는 주름살도 예쁘게

가슴 저린 외로운 시간들
마음에 사랑 가득 담고
참 열심히 아름답게 살았네
나는 몰랐어
내가 예쁘다는 걸

나는 홀로 자란
감사하는 나무인 줄 알았는데

물그림자에 비친 나는
홀로가 아니었습니다

단지 내가 나를 볼 수 있는 눈이
없었기 때문이었습니다
보이지 않는 곳에서 나를
마음 예쁘게 살 수 있게 한
바람, 햇빛, 물
자신을 내주어 썩어 거름이 된 낙엽들
묵묵히 서로를 지키며 함께한 모든 나무
모든 것에 감사합니다.

낙엽

바람이 흔들어 어디로 데려가도
눈, 비가 나를 얼리고 썩혀도
수많은 발에 밟히어 부서져도
감사하는 마음
변하지 않을 거야

거름이 되어 생명을 살리는
양분이 될 터이니
기쁘게 떠날 거야
행복하게 떠날 거야

내 소임을 다하고 떠나는 삶에
감사할 거야!
너를 닮고 싶어.

멋진 친구 파이팅!

멋진 친구야
"사는 게 무엇이라고~"
허망이 힘들게 말하는 그 속에
친구의 모든 마음이 들어있구나

"글쎄 말이야 백 년도 못사는 인생인데~"
허망이 대답하는 그 속에
내 대답이 다 들어있단다

그래도 친구야
친구는 정말 놀라운 멋진 친구야
긍정적 사고의 감사한 친구야
작은 불씨 하나에도
우리 감사하고 살면 행복한 거잖아?
그 불씨 꺼지지 않게 소중히 감사하자

무엇보다 아프지 말자
멋진 친구 오늘도 파이팅!

하늘 바라기

하늘바라기 나무 닮아
욕심 없이 살 거야

하늘이 주시는 대로 비 오면
시원하게 마음 씻어 내리고

햇살 비치면 얼었던
마음 따뜻이 녹이고
눈 오면 헝클어진 마음
냉정한 이성을 찾아

나를 비우고
들판에 남지 않을 발자국 찍을 거야
바람이 가는 대로 쫓아갈 순 없잖아

나무 닮아 하늘바라기 될 거야.

쑨다르 썬 짜르저

아름다운 세상입니다

눈으로 보는 아름다운 세상은
참으로 많습니다

그러나 마음으로 보는 아름다운 세상은
눈으로 보는 세상처럼
끝이 있는 아름다움이 아니라
끝이 있는 이 아름다움입니다

깊은 영혼의 울림 속에서
아름다운 세상을 보는 아름다운 마음들과
아름다움을 함께 나눌 수 있는 저는 내우 행복한 사
람입니다.

마야 거르츄~~~~~~~~~~사랑합니다
아시스 디누 훈처~~~~~ ˜축복합니다
쑨다르 썬 싸르처~~~~~ ˜아름다운 세상입니다.

강제실 제 3시집 바람소리

초판 발행 2026년 2월 25일
지은이 강제실
펴낸이 김복환
펴낸곳 도서출판 지식나무
등록번호 제301-2014-078호
주소 서울시 중구 수표로12길 24
전화 02 2264-2305(010-6732-6006)
팩스 02-2267-2833
이메일 booksesang@hanmail.net

ISBN 979-11-24166-09-3(03810)
값 12,000원